PASIÓN AGAVE

"Una historia entre al Amor y la Lucha por la Vida"

Alejandro Llobet

Alejandro Llobet

Pasión Agave

Alejandro Llobet

Pasión Agave

Alejandro Llobet

Título Original: Pasión Agave©

Diseño de Portada: Mario Olvera (MOM-Composite Nation®)

Editorial: YoAutor.com©

Editores: Alejandro Olvera Lorenzo

Producción digital / KDP Amazon.com

ISBN: 9798840756911

Registro INDAUTOR: En Trámite

Número de Registro-Copyright.gov: En Trámite

Los nombres, personajes, situaciones y diálogos que aparecen en esta obra, son ficticios y producto de la imaginación del autor y no tienen correspondencia con la realidad. Cualquier parecido con acontecimientos y personas reales, ya sean vivas o muertas, es mera coincidencia.

Al Agave

Alejandro Llobet

Alejandro Llobet

1

Pilar

A finales del verano de 1965, por los amplios jardines de Hyde Park en el Londres de aquella época, caminaba acompañada de su doncella, Pilar de Carballeda y da Costeira, la guapa e inquieta heredera, junto con sus dos hermanos, de la dinastía Carballeda, que a lo largo de la historia de España habían ocupado los títulos nobiliarios de duques de Abadía y duques de Ágora, emparentados con los duques de Catella de la provincia de Ourense. Pilar era la hija mayor de Don Celso Lorenzo y de Carballeda y de Doña Mercedes da Costeira y Martín, matrimonio bien habido, miembros ambos de dos de las familias más prominentes durante siglos, de la comarca del Ribeiro, la cual se encuentra entre las sierras de Faro y Suido, donde confluyen los valles del Miño, Avia, Arnoia y Barbantiño.

Sin embargo, aunque llevaba sobre sus hombros todo este abolengo e historia familiar, Pilar era una mujer sencilla, para quien todos estos títulos y tema de dinastías eran poco menos que nada. Su espíritu libre no le permitía perder el tiempo en pensar que habían sido sus antepasados, puesto que vivía concentrada en el presente y siempre haciendo planes para el futuro. Para ella era suficiente ser simplemente Pilar, la hija de Celso y Mercede, lo demás, era mampostería.

Pilar había emigrado a Londres desde el municipio de Carballeda de Avia, situado en la parte occidental de la provincia de Ourense, en la comunidad autónoma de Galicia, lugar que le daba su origen al nombre de la familia, para iniciar sus estudios de agronomía en la prestigiosa Universidad de Cambridge, a la cual pudo acceder gracias a las gestiones de su padre y a una generosa aportación, con fines de patrocinio para la construcción de una de las nuevas alas de la casa de estudios destinada a laboratorios zootécnicos, planeada por el patronato para ese año.

Desde muy pequeña, se había despertado en Pilar la pasión por el campo, por la tierra y los frutos que de ella brotaban, de la mano de su padre, quien desde que ella recordaba, la había trabajado a brazo partido y hombro con hombro con los peones que trabajaban en sus campos, que se extendían a lo largo del valle y las colinas que circundaban su propiedad. Para ella era un regalo divino la oportunidad, que desde muy pequeña, tuvo de compartir largos días con Don Celso, quien recorría sus tierras a lomo de su caballo "*Cervatino*", un magnífico ejemplar andaluz cartujano, clásico noble ibérico de tipo barroco, mismo que está entre las razas equinas más antiguas del mundo y es considerado como el "caballo español" por antonomasia y denominado oficialmente *Pura Raza Española*. Pilar trataba de seguirle el paso montando a su amada yegua "*Luna*", que su padre le había regalado cuando cumpliera cinco años y cuyo nombre obedecía a que el día en que nació, el corral del parto estaba iluminado generosamente por el brillo de una inmensa luna llena, clásica durante la época invernal de aquellos parajes.

-Anda Pilar, apura le paso que tenemos que llegar al olivar antes de que termine de salir el sol.

-Ale Padre, que eres tu quien debe exigir a Cervatino, mira que Luna lo deja atrás.

-¡Caray chavala! En definitiva, eres hija de tu padre. No dejas que nadie te sobrepase. Me alegra que tengas tan buen carácter y seas tan buena hija, porque si no fuera así, ¡rediez!, me tocaría lidiar todos los días con el mismo diablo, ¡jajaja!

Don Celso sonreía y era feliz al lado de su adorada hija Pilar. El no cambiaba estos momentos por nada, aunque su corazón se dividía, cuando se trataba de pasar largas horas por la tarde, sentado en su mullido sillón a la entrada del porche de la casa principal, tomado de la mano de su adorada Doña Mercedes y disfrutando de una generosa copa de un ribera del Duero. No cabía comparación y ambos momentos hacían que su vida fuera por demás completa, además del tiempo que pasaba trabajando sus tierras y disfrutando de la compañía de sus otros dos hijos, Rosa y Alejandro, este último, el benjamín de la familia. En lo que a Pilar le parecía tan solamente un suspiro, llegaban al borde del olivar donde ya se encontraban etiquetadas las posiciones donde se sembrarían las nuevas plantitas en unos pocos días.

Pilar ya había aprendido a su tierna edad, que primero ha de decidirse el punto exacto donde cada árbol joven será plantado, para luego cavar el agujero apropiado con dimensiones de 50×50 centímetros y tener en cuenta que las plantitas deben plantarse a la misma profundidad que en el vivero. Con su gesto serio y la clásica mueca de quien conoce su oficio, le recordaba a su padre que la superficie del suelo del hoyo debe estar por debajo de la bola de la plantita. Tenía muy bien estudiado que la siembra de las plantitas en las regiones donde no se informaba de heladas comúnmente, comenzaba a finales del otoño, de noviembre a finales de febrero, mientras que en las zonas con heladas la siembra comenzaba a principios de la primavera, cuando hubieran pasado ya las últimas heladas.

Don Celso la escuchaba con mucha atención y aunque por supuesto, todo esto lo sabía él desde muy pequeño también, le complacía ver como su pequeña hija cada día aprendía más y más del oficio que por generaciones había sostenido a su familia desde tiempos ancestrales. Sabía que su hija nunca se podría separar de la tierra y los cultivos y sin decirle nada, hacía planes para cuando tuviera la edad suficiente para estudiar agronomía, lo cual, ocasionalmente comentaba con su mujer para que ella le recordara todo aquello cuando así lo considerara oportuno, de manera que se aseguraba así que no olvidaría ningún detalle sobre sus planes.

Para aumentar el acervo de Pilar, Don Celso le decía:

-Recuerda que cada árbol requiere un área de sembrado de 6x6 metros.

-Si Padre, eso nos dará hasta 272 árboles por cada hectárea, le contestaba Pilar, muy orgullosa de todo lo que de él había ya aprendido.

Pilar levantaba su cara sonriente llena de orgullo, puesto que se daba cuenta de todo lo que había aprendido de su padre y todo aquello ya formaba parte de su vocabulario habitual. Era para ella como jugar a cualquier juego infantil. Se divertía.

Así pasaba Pilar con su padre, los días que no había clases y que podía acompañarlo en sus labores, comúnmente los sábados, puesto que los domingos estaban reservados para el descanso y los deberes religiosos de la familia, así como para las comidas familiares, a las que asistía toda la parentela asentada en el pueblo, costumbre que había prevalecido por muchas generaciones.

Aunque su pasión era el campo, como niña que era, Pilar también disfrutaba mucho de jugar con su hermana Rosa, después de concluir sus deberes escolares que la maestra de la primaria les dejara como tarea para el día siguiente. En especial, les gustaba jugar con su hermano Alejandro, a quien solían utilizar como maniquí para vestirlo de todas formas, utilizando para ello toda la ropa que le tenía su madre, sin importar de que estación del año se tratara, de manera que, en veces, lo vestían con ropa de invierno en verano y con pantaloncillos cortos y mangas de camisa en el invierno.

Sin embargo, no dejaba pasar un solo día sin apurarse a tomar el baño diario después de cenar y acostarse a devorar, durante los treinta minutos que su madre le tenía permitido, cuanto libro de agronomía y de historia natural que su padre tenía por montones en la biblioteca de la casa, acomodados en orden alfabético y cronológico, de abajo hacia arriba, en los cuatro libreros que había la habitación y que su padre acomodaba meticulosamente, cuando se percataba de que alguno de ellos no estaba colocado en el lugar correcto, que de acuerdo a su nombre y tema, debía de guardar en aquel *"templo del saber"*, como él lo llamaba. Pilar tenía como su libro favorito, uno que se llamaba *"El milagro de la tierra"*, que era en realidad una versión actualizada y reducida de un tratado que había sido escrito unos tres mil años antes, por un antiguo científico egipcio, que había dedicado sus treinta y dos años de vida al estudio de los cultivos y la vida de las plantas en los márgenes del río Nilo y en el cual, intentaba explicarle al mundo lo maravilloso que era el aporte que la propia tierra a la supervivencia de los seres humanos, regalándoles toda su vida y toda su capacidad para generar vida misma.

Explicaba cómo, aún en las condiciones más hostiles, la tierra rendía sus frutos, siempre y cuando los hombres aprendieran a cuidarla y tratarla correctamente para recibir estos regalos que les otorgaba gratuitamente. Pilar leía y volvía a leer cada párrafo del libro, tratando de no pasar por alto ni un solo aspecto, mensaje, palabra o letra que el autor hubiera querido transmitir para compartir sus profundos conocimientos sobre los poderes de la tierra. Ella entendía muy bien el alma de aquel libro, más que los aspectos técnicos que estaban vertidos en cada página.

El pasaje favorito de Pilar, era uno en el que el científico describía de una manera nada técnica, lo que el hombre podía obtener de la tierra, si le daba el amor y la atención que con tan poco afán le requería:

-A la tierra no se le tiene que pedir nada, ella sabe lo que necesitamos, solamente debemos aprender a encontrar la forma de que nos entregue su milagro. De nada sirve ararla, prepararla y regarla, si no entendemos lo que significa tenerla a nuestra disposición desde que nacemos, si no aquilatamos lo que cada centímetro cuadrado de su superficie nos puede ofrecer y dar. Si no aprendemos a amarla y a respetarla como es debido. Es más importante entender las razones que tiene la tierra para darnos su milagro, que las técnicas y las múltiples formas de trabajarla. Para la tierra, es mil veces más importante que la amemos y la cuidemos sin miramientos ni reservas, a que la cerquemos, abonemos o cultivemos. En eso consiste su milagro, en que, a cambio de nuestro amor, la tierra nos da todo lo que necesitamos, con cada uno de nuestros errores al trabajarla, nos enseña a manejarla y a sacarle el mejor provecho con cada paso que damos, pero si no la amamos como ella quiere, simplemente nos niega su milagro.

Cada vez que leía y estudiaba este maravilloso pasaje del libro, su amor incondicional por la tierra crecía más y más en su corazón, aumentando el poderoso vínculo que Pilar tendría durante toda su vida con este elemento de la naturaleza, tan noble y desinteresado y que daba tanto a cambio de tan poco.

Pilar llevaría durante toda su vidas estas oraciones y frases grabadas en lo más profundo de su mente y en más de una ocasión le servirían para corregir el camino cuando, aún sin pretenderlo, le diera más importancia a las técnicas para explotar la tierra, que al amor por tenerla, de manera que este sería su credo y uno de los recursos más valiosos para reencontrarse cuando se equivocara el camino. Para salir adelante cuando tomara el rumbo equivocado y sobre todo, para encontrar la forma en que cada cosa o situación que apareciera en su vida le entregara su milagro.

Esta sería por siempre para ella la lección más valiosa de aquel libro, entre los cientos de libros que leería durante su vida.

Cuando menos se lo esperaba, ya había transcurrido los treinta minutos que se le permitían para leer antes de dormir, de manera que, obediente como era, cerraba el libro, lo colocaba debajo del colchón con todo cuidado para no maltratar las pastas o las hojas y se quedaba dormida profundamente, soñando con el milagro de la tierra y con el futuro que veía por delante.

Aún ahora, a unos pocos días de iniciar sus estudios universitarios y mientras caminaba por el parque, Pilar podía sentir todas aquellas emociones que tuvo de niña y que durante toda su vida, hasta entonces, habían representado todo para ella. Se sentía emocionada porque al fin se cumplía uno de sus más caros anhelos, estudiar agronomía en aquella tan afamada universidad. Sabía que a partir de ese día, su vida sería aún más completa y llena de nuevos retos y satisfacciones.

2

Planeando el futuro

Don Celso era muy previsor y desde que Pilar era muy pequeña, cuando se percató de la afinidad de su hija con su oficio de generaciones, guardaba en una cuenta bancaria especial cierta cantidad mensual, ahorro que estaba destinado exclusivamente a pagar los estudios superiores de agronomía de la muchacha.

Doña mercedes se encargaba de administrar estos recursos y eventualmente ella también hacía algún depósito cuando veía la oportunidad de utilizar algún dinero sobrante, una vez que hubiera cubierto los gastos de la casa. Era su forma de apoyar a Celso en esta empresa, aunque sabía que aquello no era ni remotamente necesario. Sin embargo, esto la alegraba y le hacía sentirse parte de ese esfuerzo familiar.

Como don Celso por ningún motivo quería distraer a Pilar de sus deberes escolares, aprovechaba los sábados por la mañana, una vez que hubiera concluido sus actividades de supervisión de los cultivos y unos minutos después de haber reposado el almuerzo que les preparaba Doña Mercedes, para instruir a Pilar. Se dedicaba unas dos horas, a trabajar con ella en la biblioteca, explicándole alguna nueva técnica o procedimiento y seleccionando el libro o resumen técnico que él consideraba que la niña debía leer durante la semana, según iba viendo su progreso en conocer los temas del oficio.

Pilar absorbía todo este conocimiento con una impresionante avidez, lo cual en muchas ocasiones hacía que su padre se contuviera y dosificara la cantidad de información que le transmitía a su hija. No quería saturarla y pretendía que esta educación informal en el tema, fuera muy estructurada y que siguiera los pasos que hubiera que seguir, en el orden establecido y de acuerdo con la metodología que le había enseñado su padre a él y su abuelo a su padre.

Eran los mejores amigos y además de disfrutar de estas sesiones educativas, ambos gozaban cada momento que pasaban juntos, de manera que cada vez sus lazos afectivos eran más y más fuertes.

Como su padre confiaba en ella, porque la conocía muy bien y sabía lo responsable que era, le permitía que de vez en cuando cabalgara sola hasta el olivar y libremente decidiera que partes de este visitaba y con cuál de sus trabajadores hablaba, o mejor dicho, interrogaba para exprimirles todos sus conocimientos, siempre sin distraerlos de más en sus labores para no entorpecer su desempeño o hacer que descuidaran el huerto. El preferido de Pilar era don Valentín, quien además de ser el más viejo de los trabajadores de su padre y por ende, el que tenía más experiencia, era además el que más paciencia tenía para recibir el borbotón de preguntas y escenarios supuestos que le exponía la muchacha.

-¡Ale don Valentín!, ¿Cómo se encuentra Usted el día de hoy?, solía ser el saludo cotidiano de Pilar.

-¡Pues nada chiquilla!, aquí como todos los días, cuidando de que nuestra tierra esté tranquila porque se sabe bien atendida, le contestaba Valentín en tono siempre amable y con todo el cariño que sentía por la muchacha.

Pilar sonreía y saltaba desde el lomo de Luna riendo y se sentaba sobre cualquier piedra o madero que estuviera a la mano y se preparaba para disparar las preguntas o el caso que cuidadosamente había preparado para discutirlo con él y Valentín también sonreía y con una carcajada, dejaba a un lado su herramienta de trabajo y se sentaba al lado de la muchacha.

"Cuidando de que nuestra tierra esté tranquila". Para Pilar, esta oración que escuchaba cotidianamente de su segundo mentor, como ella lo llamada a menudo, sería unos de los mandamientos que observaría por siempre, cuando de trabajar la tierra se tratara, además de que, utilizando este principio, cuidaría de que su vida fuera tranquila y nada que se le presentara, bajo cualquier circunstancia la perturbara de manera innecesaria.

Sin mayor preámbulo, Pilar lo tupía literalmente de preguntas y cuestiones que le inquietaban, sobre algo que había leído y estudiado la noche anterior al encuentro o bien sobre alguna duda que le quedara después de estudiar el material que le diera Celso. Valentín la escuchaba atentamente, tratando de captar lo mejor posible sus palabras, para poder darle las respuestas más apropiadas según su entendimiento. Le tenía una paciencia infinita, pero sabía que la mejor forma de enseñarle y transmitirle sus secretos para el cuidado de la tierra, era creando para ella escenarios ficticios mediante alguna alegoría o algún acertijo, de manera que ella sola tratara de sacar sus propias conclusiones y respondiera sus preguntas por sí misma, si era posible, de acuerdo con su nivel de conocimientos.

-¿Qué cuestión te inquita el día de hoy Pilar?, le decía Valentín con tono cariñoso.

-Pues verás Valentín, he estado leyendo sobre los diferentes sistemas de riego que existen actualmente y me preguntaba si pudiéramos optimizar nuestros costos aplicando nuevas técnicas que nos permitan ahorrar agua.

Como siempre sucedía, Valentín se quitaba la boina y se rascaba la nariz, moviendo la cabeza de lado a lado puesto que una vez más Pilar lo ponía en aprietos con sus preguntas. Pero con la paciencia y el cario que le tenía a la muchacha, inmediatamente se acicalaba y esbozaba su mejor sonrisa, antes de iniciar una concisa y casi siempre acertada explicación con aquel gesto amable que tanto cariño le hacía sentir a Pilar por él, lo cual no impedía por supuesto, que después de ésta, siguiera un caudal de preguntas adicionales.

Esa rutina la repitió pilar durante todo el tiempo que vivió en casa de sus padres, al tiempo que cursaba la escuela secundaria y posteriormente el bachillerato, de manera que su acervo de conocimientos se incrementaba día a día sobre cultivos, el cuidado de la tierra, la mejor forma de explotación de los cultivos y otros temas del género que bien sabía ella, algún día le servirían para lograr cosas grandes.

Don Celso estaba bien enterado de todo esto que sucedía en la vida de su hija y como orgulloso padre que era, no dejaba pasar oportunidad para presumirlo antes sus colegas y amigos, dueños todos de otros olivares, cada vez que se reunía con ellos en la tasca más concurrida del pueblo para cambiar impresiones y comentar sobre las novedades del negocio.

¡Ale Celso!, le decía don Luis, su vecino, *que tu hija Pilar cada día se parece más a su padre, afortunadamente no en lo físico sino, en todo lo que ha aprendido y sabe* sobre *la tierra y sus cuidados para lograr las mejores cosechas*, al tiempo que dejaba salir una sonora carcajada cargada de amistad sincera y desinteresada.

Celso, ni siquiera intentaba disimular la satisfacción que aquel tipo de comentarios le causaban y esbozando una amplia sonrisa y sintiendo que no cabía en aquel recinto, siempre contestaba lo mismo; ¡*Vale, gracias! Que no está bien que lo diga yo, pero tienes toda la razón. Esa muchacha salió a su padre y tiene un filo que me en ocasiones e da escalofríos solo de pensar en todo lo que podrá lograr en su carrera.*

Y así continuaba la tertulia con demás pláticas sobre las siembras y los buenos resultados obtenidos por todos los agricultores aquella temporada. En más de una ocasión, alguno de ellos le pedía su venia para poder consultar con Pilar alguna duda que tuviera sobre este o aquel tema de su olivar, a lo cual, Celso contestaba amablemente que primero, Pilar debía concluir sus estudios de agronomía, antes de poder dar consejos a viejos como aquellos con tantos años de experiencia en las labores del campo. Sonreía para sus adentros, porque sabía que Pilar podía con aquello y más.

Mientras tanto, Pilar seguía con sus estudios autodidactas en la biblioteca de su padre como desde que era una niña, y para el tiempo de su escuela preparatoria, ya había leído todos los libros de su padre, viejos y nuevos, varias veces, además de tupirlo con cualquier cantidad de preguntas al respecto, con un ansia devoradora de conocimientos tal, que a don Celso no le quedaba más remedio que sacrificar horas de sueño inclusive, para atender de mil amores los requerimientos de su amada hija y prodigarle toda su atención tratando de contestar hasta el más mínimo detalle de sus múltiples cuestionamientos. Para el, era un elixir de vida ver como su hija cada día se adentraba más y más en aquel mundo que el tanto amaba. Solía decirle a su esposa que no le intranquilizaba que llegara la hora de su muerte, puesto que sus campos quedarían en las mejores manos.

Doña Mercedes asentía y aunque de una forma indirecta, también cooperaba para que todo esto fuera posible en la vida de Pilar y solamente los interrumpía cuando desde su mecedora donde trabajaba en su tejido o su bordado en turno, según el caso, escuchaba que iban para largo en sus disertaciones para llevarles unos bocadillos y café o para llamarlos a comer o cenar, dos momentos tan sagrados en aquella casa, que ni aún el ímpetu de Pilar, podía siquiera intentar retrasarlos.

Para fortuna de la familia y gracias al balance estricto que Celso y Mercedes guardaban en su familia y con sus hijos, ni a Alejandro ni a Rosa les causaba el menor desasosiego que le prodigaran tanto atención a su hermana mayor, sino más bien, también participaban en lo que podían para apoyarla, ya que el primero quería ser aviador y recorrer el mundo hasta sus últimos rincones en sus ansias de aventura y a la hermana, solamente le importaba lograr la mejor educación posible y encontrar al *"príncipe azul"* que la desposara y la llenara de hijos, de manera que a ambos, el negocio familiar les tenía sin cuidado y más aún, el ímpetu de sus hermana les aseguraba que su padre no insistiera con ellos en seguir sus pasos en los huertos y así poder concretar cada uno sus planes de vida.

Se acercaba el día de la graduación de Pilar del bachillerato, durante el cual había cursado, como una asignatura optativa, la materia de topografía, que para ella, era fundamental para la consecución de sus planes en la agricultura y la mejora de los cultivos y las siembras. En vísperas de tan importante acontecimiento para toda la familia, Celso y Mercedes hicieron planes para ese fin de semana hablar con Pilar acerca de su futura educación universitaria y después de la cena del sábado, se reunieron los tres en la biblioteca. Pilar los miraba un tanto intranquila, por los adustos y serios rostros de sus padres cuando se sentaron frente a ella en el sillón grande tapizado en fina piel de cordero.

Sin más preámbulo, Celso tomó la palabra y con un todo amable, pero un poco triste, le dijo: - *Pues bien hija mía, el tiempo se ha llegado de que tomes tu camino y cumplas con tus sueños. Tu madre y yo hemos estado preparando este momento desde que eras muy niña y mostraba interés por el cultivo de la tierra.*

- *Así es querida mía,* le dijo sonriendo Mercedes, *ambos queremos que persigas tus sueños y que logres tus anhelos más preciados.*

- *Pilar, le* dijo Celso carraspeando, con la voz entrecortada por una mezcla de emoción y de tristeza, porque todo aquello le alegraba el corazón, pero le desgarraba el alma sabiendo que para lograrlo, su hija tendría que tomar su camino y dejarlos por un muy largo tiempo; *en este sobre que sostengo, están tus papeles para tu ingreso a la escuela de agricultura de* Cambridge.

Pilar abrió tanto los ojos, que pensó que se saldrían de sus órbitas y con la voz llena de emoción y conteniendo el llanto de alegría, solamente alcanzó a decir;

- Pero ¿cómo?, ¿Qué es lo que han hecho?, ¿Cómo es posible esta bendición?

Mercedes lloraba de emoción y Celso secaba una pequeña lágrima de alegría de su ojo izquierdo.

Ambos habían decidido hacía ya varios años que Pilar lograría sus objetivos y que harían lo que fuera posible para ayudarla.

- *Efectivamente Pilar, he gestionado tu ingreso y el consejo de la facultad de agronomía estuvo de acuerdo gracias a tus buenas calificaciones y a pesar de que actualmente muy pocas mujeres son aceptadas en la facultad. Lo único que hace falta es que presentes y apruebes el examen de admisión, para lo cual deberás seguir unos cursos propedéuticos a partir de septiembre y durante 3 meses.*
- *Padre, Madre, ¡Tengan por seguro que no los defraudaré!, daré mi mejor esfuerzo y sacrificaré todo lo que tenga que sacrificar para aprobar ese examen y poder iniciar mis estudios universitarios,* les decía Pilar, ahora sí con la voz quebrada por el llanto de alegría que se le brotaba a borbotones de manera casi incontenible por la emoción.

- *No sé cómo podré pagarles ni como podré agradecerles lo suficiente por este maravilloso regalo, Dios los bendiga y cuenten con mi absoluta dedicación.*

Ella los abrazó efusivamente y soltando una carcajada comenzó a bailar dando vueltas por toda la habitación, ante la emocionada y complaciente mirada de sus padres, quienes, casi instintivamente, comenzaron también a bailar y a reír.

Alejandro y Rosa, quienes escuchaban detrás de la puerta de la biblioteca, advertidos previamente por su madre, entraron en el recinto y se unieron a la celebración, para lo cual Alejandro traía en la mano una botella de cava, dentro de una hielera de plata llena hasta el tope y Rosa una charola con cinco copas para brindar por tan importante y alegre acontecimiento, durando a celebración duró hasta bien entrada la madrugada.

Cuando Pilar llegó a su habitación y después de ponerse el pijama, se acostó dejándose caer sobre la cama con los brazos extendidos hacía atrás, como tratando de hacer espacio a aquella emoción y a aquella muestra tan grande de amor de sus padres y hermanos.

Suspirando desde el fondo de su alma, exhaló con todas sus fuerzas y se inclinó hacia el buró izquierdo de su cama y tomó su preciado libro de *"El milagro de la tierra"*, abrazándolo contra su pecho como queriendo agradecerle todo lo que le había dado y regalado, antes de abrirlo en la página marcada por un separador de cartón y leer su párrafo favorito y al terminar de leerlo quedarse profundamente dormida, con una sonrisa en sus labios:

"A la tierra no se le tiene que pedir nada, ella sabe lo que necesitamos, solamente debemos aprender a encontrar la forma de que nos entregue su milagro".

3

Enrique

A unos 8,900 kilómetros de distancia y de acuerdo con la historia del lugar, en mayo de 1541, los indígenas de Tequila, Ahualulco y Ameca se unieron a la rebelión iniciada por los indios tecoxines y de los caxcanes, que se extendió de la sierra de Tepec a Tlaltenango, Xochipila, Nochictlán y Teocaltech, remontándose al cerro de Tequila, guiados por el guerrero Tenamaxtli. Fray Juan Calero, un franciscano, quien le había en comendado a Juan de Escársena la fundación de la población de Santiago de Tequila el 15 de abril de 1530, fue al cerro a pacificarlos, invitándolos a bajar, pero fue sacrificado a flechazos y pedradas. En octubre de 1541, el virrey Antonio de Mendoza, salió de la ciudad de México hacia la Nueva Galicia; decidido a sofocar esa insurrección. Presentaron ante él al cacique Diego Zacatecas, uno de los líderes de la insurrección, quien fue llevado prisionero hasta Etzatlán donde lo puso en libertad a condición de que tornaran a su pueblo y se dedicaran al trabajo y al estudio de la doctrina. Una vez derrotados los rebeldes, en diciembre de 1541; Fray Francisco Lorenzo volvió a continuar la labor pacificadora de los naturales mediante su evangelización.

Años más tarde, la primera fábrica de tequila fue instalada en 1600 por don Pedro Sánchez de Tagle, marqués de Altamira, quien introdujo el cultivo y destilación del mezcal para producir el famoso elixir.

Enrique, de tan solo 5 años de edad, miraba extasiado, sentado sobre una roca en la punta de una de la colinas dentro de la propiedad de su padre, los extensos campos de cultivo de agave que por más de tres generaciones habían pertenecido a la familia Azuela, que si bien, era originaria de Arandas, Jalisco, desde hacía 40 años, poco después de que concluyera la Revolución Mexicana, se habían asentado en las inmediaciones del pueblo de Tequila, Jalisco, cuando el tatarabuelo, había sido agraciado con unas parcelas al pie del Cerro de Tequila, como fruto de la reforma agraria y habían "quemado las naves" en su tierra natal para iniciar una nueva vida como productores de agave.

Su padre, don Alfonso Azuela de Escársena, agricultor muy apreciado y respetado en la región de Tequila Jalisco, era el mayor productor de agave en el estado. Casado con doña Angélica de Santamaría e Ibáñez, oriunda de Magdalena, Jalisco y cuya acaudalada familia se había avecinado en Tequila dos generaciones atrás. Juntos habían procreado tres hijos varones y dos hembras, de los cuales, Enrique era el Mayor, seguido por Alfonso, María del Pilar, Gabriel y la pequeña María Luisa

Desde muy pequeños, los varones fueron instruidos por su padre en los secretos del cultivo del agave, como un seguro de que la dinastía *"agavera"* continuaría por muchas generaciones más.

De los tres hijos varones, el que más se vio identificado con el amor de su padre por la tierra y el agave fue Enrique, ya que para sus hermanos, esta era solamente una forma de ganarse la vida temporalmente, puesto que Alfonso pensaba estudiar medicina y Gabriel quería ser ingeniero civil, de manera que para ellos, el negocio de la familia no sería nunca, más que una forma relativamente fácil de contar con el suficiente dinero para completar sus planes individuales.

Don Alfonso se había percatado de este hecho desde que sus hijos eran apenas unos niños, de manera que centró sus esfuerzos de formación en la agricultura, en su hijo Enrique, sabiendo que en sus manos todo iría bien.

Las hermanas, por su parte, también heredarían en su momento parte de las tierras de don Alfonso, pero para ellas la devoción católica que profesaban al igual que su madre, era lo más importante durante su niñez y juventud, aunque más tarde aprovecharían su herencia para asegurar el futuro de sus respectivas familias, una vez que las hubieran formado unidas en santo matrimonio con alguno de los varones católicos de buen ver e intachable reputación en el pueblo, según su madre les había enseñado y adoctrinado para ser dos mujeres respetables y *"de sociedad"*.

De esta manera, ya siendo un adolescente muy responsable y amante de los productos de la tierra y especial de los cultivos de agave, por supuesto, fue que Enrique Azuela de Santamaría, tomó de lleno su amor por el campo y se dedicó en cuerpo y alma a aprender todos los secretos sobre el cultivo del agave que, a su manera, don Alfonso le iba dejando conocer e instruyendo para formarlo como su seguro heredero que secundaría la tradición familiar y la haría prevalecer durante años por venir.

Cuando Enrique estaba por terminar sus estudios de preparatoria y aunque siempre había pensado que una vez terminada la escuela se dedicaría en cuerpo y alma al negocio familiar, su padre, aprovechando un momento de tranquilidad, después de celebrar en su hacienda y con una fiesta sencilla, el cumpleaños número dieciocho de su hijo mayor, le habló sobre algunas condiciones que le impondría para poderse hacer cargo del negocio y ayudar a sus hermanos a no destruir el patrimonio familiar cuando el faltara. Ávido de conocimientos y devoto de las palabras y consejos de su padre, Enrique escuchaba con atención:

- *Muchacho, estoy muy orgullo de la forma en que has tomado tus obligaciones para con la familia, la tierra y nuestros cultivos,* le decía don Alfonso.
- *Gracias Padre, me alegra saber que no te he decepcionado.*
- *¡Pero qué va! "mijo, al contrario, cada día me alegra más ver cuánto has aprendido.*

- *Sobre todo, me alegra ver tu nivel de compromiso para con nuestra tierra a tu corta edad. No cualquier muchacho adquiere tanta madurez en tan poco tiempo.*
- *Me alagas papá, tu sabes que nada me importa más que ver como nuestras cosechas crecen cada día más y la aceptación que tienen con los maestros tequileros de las fábricas de tequila y ahora que termine la "prepa", tendré todas las horas del día para trabajar todavía con más ahínco y dedicación en nuestros cultivos y sus cuidados.*
- *En efecto mijo, hemos crecido de una forma rápida y brutal, por lo cual se hace muy necesario que antes de que te suelte las riendas del negocio y de paso me hago un poco más viejo para que se me quiten un poco las ganas de trabajar como burro, que recibas la formación y la preparación profesional que en estos tiempos modernos vas a necesitar para salir adelante con esta empresa tan grande.*
- *Si, por supuesto. He estado viendo que en Guadalajara, puedo estudiar agronomía para profesionalizar mi trabajo. Además de que podré estar aquí todos los fines de semana para apoyarte en el trabajo de los cultivos.*
- *Pues mira, yo he pensado que tu preparación y tus estudios universitarios deben ser en una de las mejores escuelas de Agricultura del mundo en Cambridge, Inglaterra, que hoy por hoy, es la líder en el ramo y te enseñaran técnicas y procesos que aquí ni los soñamos siquiera.*

Enrique quedó perplejo al pensar que se alejaría por un largo tiempo de todo aquello que desde niño había amado y venerado como su religión, con una pasión y una entrega inigualables. Don Alfonso se dio cuenta inmediatamente del sobresalto de su hijo y sabiendo bien lo que sentía, pacientemente le aconsejó que lo pensara y meditara sobre las ventajas de esta oportunidad, ya hablarían después de sus planes inmediatos para él.

Enrique pasó varios días recorriendo a lomo de su caballo preferido los cultivos de agave y hablando con todos los mozos, jimadores y encargados de los potreros para escuchar sus inquietudes sobre los cultivos. Necesitaba entender porque era más conveniente que se alejara de todo aquello que tanto amaba y que hasta la fecha había sido su vida entera, para prepararse mejor y regresar a brindarle su mejor versión a aquellas tierras que veneraba desde niño.

FIN

Made in the USA
Columbia, SC
31 October 2022